푸른사상
시선

99

다시 첫사랑을 노래하다

신 동 원 시집

 푸른사상
PRUNSASANG

푸른사상 시선 99

다시 첫사랑을 노래하다

인쇄 · 2019년 3월 15일 | 발행 · 2019년 3월 20일

지은이 · 신동원
펴낸이 · 한봉숙
펴낸곳 · 푸른사상사

주간 · 맹문재 | 편집 · 지순이, 김수란 | 마케팅 · 김두천
등록 · 1999년 7월 8일 제2-2876호
주소 · 경기도 파주시 회동길 337-16(서패동 470-6) 푸른사상사
대표전화 · 031) 955-9111(2) | 팩시밀리 · 031) 955-9114
이메일 · prun21c@hanmail.net / prunsasang@naver.com
홈페이지 · http://www.prun21c.com

ISBN 979-11-308-1415-5   03810

값 9,000원

푸른사상 시선 99

다시 첫사랑을 노래하다

얼마 전 오래된 소파를 바꿨다.
근 10년을 함께한 소파를 떠나보내자니 아쉬우면서도 시원
섭섭한 마음이다.

실로 오랜만에
두 번째 시집을 엮는 느낌도 같다.

오랫동안 함께한 시들을 세상 속으로 떠나보내자니 조금은
홀가분하면서도
오랜 숙제를 마친 듯한 마음이다.

어두운 세월 늘 곁에 함께한 시는 삶을 견디는 희망이자 힘
이었다.
위로이자 친구였다.

이제 모두가 꿈꾸던 세상이 되고
다시 작품집을 선보이게 되니 두렵고 설레는 기분이다.

이런 기회를 준 푸른사상사와 지인들에게 감사드리며
다시 첫사랑을 노래하는
마음으로 노래하련다.

2019년 3월 봄이 오는 창가에서
신동원

| 차례 |

제2부

제3부

제4부

제1부

닭

닭 먹다가 목에 걸려 죽을 뻔했다

이제 복날
닭도 못 먹겠다

유난히 무덥고 긴 여름……

꽃과 밥과 칼

한동안 시를 잊었다
그리고 칼 같은 말들만 쏟아냈다

꽃같이 아름다운 시를 쓰고 싶었는데
밥같이 따뜻한 시를 쓰고 싶었는데
눈앞의 불의와 거짓과 싸우기엔
시는 너무 약했다

그래서 칼을 들고 싸웠다
험악하고 분노 어린 말들을 쏟아냈다
그것이 저들의 가슴에 꽂히는 비수가 되길 바라며

그리고 날카로운 칼로 도려낸 썩고 병든 자리에
다시 희망이 싹트고
꽃 같은 아름다운 세상이
밥 같은 따뜻한 세상이 올 것을 믿으며
나는 기꺼이 칼을 들고 싸우는 시인이고자 한다.

목련꽃 지는 아침에

어젯밤 부는 비바람에
목련꽃 다 지겠네
못다 핀 벚꽃들 다 지겠네

끝내 닿지 못한 소망처럼
꿈처럼 목련은 지고

그대가 보낸 시를 읽고
한 잎 두 잎 지기 시작하는 목련꽃을
바라보는 아침

그 떨어져 날리는 꽃잎이
바로 그대의 마음이었나

그 바람에 날리는 꽃잎 하나,
가슴속에 담아두고 돌아온 날
나는 그만 시름시름 앓고 말았네.

다시 꽃처럼 웃는 그날까지
— 세월호 아이들 영혼 앞에

목련이 지고
벚꽃이 지고
해맑던 아이들의 미소도 꽃잎처럼 지고
슬픈 4월의 봄

웃으며 수학여행길에 올랐던
아이들은 돌아오지 않고
아이들이 마지막 남긴 영상만 돌아왔구나
그들이 지상에 남긴 마지막 신호

살고 싶어…… 난 아직 꿈이 있는데……
가슴을 후벼 파는 한마디

바보 같은 어른들은
그 간절한 손길조차 잡지 못하고
너희들을 허망하게 떠나보냈구나

꽃보다 어여쁜 300의 천사들

채 피지도 못하고 진 너희들의 꿈과 미소가
노란 리본처럼 흩날리는 슬픈 봄

세월호가 침몰했을 때 이 땅도 침몰했고
너희들이 죽었을 때 희망과 믿음도 죽었다

열일곱 살 너희들의 너무 짧은 봄,
너희들의 봄을 앗아간 자들 용서하지 말거라

눈물이 분노의 파도가 되고
노란 리본이 깃발이 되어 흩날리는
다시 꽃처럼 웃는 그날까지.

부디 그대 살아남으라

붉은 꽃잎 하나
허공에 떨어지던
칼로 베인 듯한 봄날이 저물고
다시 광장을 적시던
8월의 눈물이 마르기도 전에
황색경보를 올리며 다가오는 9월

가도 가도 안개길 멀고 험한데
음산한 바람 소리
북소리처럼 울어대는 가을
거친 들판에 이름 없는 풀잎들이 죽어가고
도처에 양치기를 잃은 양들의 울음소리

이제 곧 겨울의 어두운 장막이
탐욕에 눈먼 이들의 두 눈을 가리리라

스스로를 버린 어리석은 자들의 땅
눈먼 세월 광란의 세월

칼날처럼 춤추고

하늘 가득 까마귀 떼처럼 몰려오는

공포와 죽음의 냄새

슬픈 장송곡 소리 이 땅을 덮는

잔인한 계절이 올지라도

부디 그대 살아남으라,

살아서 다시 노래할 때까지

씁쓸한 호두과자의 추억

내가 좋아했던 호두과자

고향 오갈 때나
여행 갔다 돌아올 때

하나씩 사가지고 오던
호두과자

어느 날
호두과자 속에서
악마의 얼굴을 발견한 후

딱 끊어버렸다

씁쓸한 호두과자의 추억
어두운 시대의 우화

겨울

겨울이 오기도 전에

겨울이 찾아왔다

가을은 소리 없이 떠났다

스산한 하늘 아래 서걱거리는 잎새들

단풍도 들지 못한 채 파랗게 떨고 있다

먼 곳에서 소문처럼 어지러운 소식들이 떠돌고

날마다 슬픔이 출렁거리는 이 땅

그대 안녕한가?

고료
— 쌀과 닭

어느 문학지 고료는
쌀로 지급한다 한다

왜 그러냐 물었더니
편집장이 농사를 짓는다고 한다
그래서 고료 대신 쌀을 준다고

그 말을 듣고
그러다 이젠 고료 대신
닭 몇 마리 주겠다 하면서 웃었다

한 편의 시에
쌀 한 말에
닭 몇 마리
물물교환하던 옛날이 생각나고
권력의 탄압과 횡포에 맞서
어렵고 힘들게 견뎠던 지난 시절이 생각난다

잠시 빛났던 봄은 사라지고

다시 시대를 거꾸로 거슬러

문학인의 양심을 시험하고

권력의 손아귀로 목을 죄는 불의의 시대

시인도 힘들고

출판사도 힘들다

그리고 이 시대의 시도 힘들다.

시를 읽으며

아는 지인한테서
일간지에 시 한 편 올렸다고 읽어보라고 연락이 왔다
인터넷으로 들어가
일간지 검색하고 문화연예면 검색해서 들어가니
요란스런 연예 기사 속에 얼핏 보이는 이름
반가운 마음에 클릭을 하니
시보다 먼저 광고들이 튀어나온다!

위아래 오른쪽 왼쪽 온통 빼곡히 들어차
어지럽게 손짓하는 몇십 개들의 광고들
성형, 다이어트, 치과, 보험, 정력, 대출
저마다 아우성치는 광고의 숲을 헤치고
간신히 시를 읽어보려는데
어느새 정중앙에 버티고 있는 것도 모자라
시 한 줄 읽을 때마다 따라다니는 광고

그 사이사이에 낑겨
시들이 신음한다

나도 봐달라고 소리치는 듯
초라하게 외롭게 한구석에 밀려 있는
시들이 안쓰럽게 느껴진다

돈과 물질과 욕망이 지배하는 세상에서
돈 안 되는 시를 쓰며
시인으로 살아간다는 것도 이런 모습이 아닐까
문득 슬퍼지는 하루다.

봄이 온다

봄이 온다
남에도 북에도 벌써 봄바람이

칠천만 겨레 마음에도
평화의 꽃이 활짝 피었습니다

봄에 씨 뿌리고
여름에 거름 주고 땀 흘려
가을에 결실을 거둬
서울에서 다시 만납시다

그때는 한반도에도 평화의 물결 넘치길

우리 함께 손잡고 만나니
어이 아니 반가울쏘냐

봄이 온다
가을이 왔다

아름답고 정겨운 인사 주고받으며
이제 칠십 년 동안 닫힌 문 열고 만나자

그렇게 손잡고
마음의 문을 열고 함께 통일로 가자.

평양냉면

"내레 평양에서 멀리 냉면을…… 아니 멀다 하면 안 되갔
구나…… 냉면을 드시라고 가져왔습니다."

이 한마디에
오랜 장벽이 무너지고
불신과 증오가 사라지고

남북은 냉면을 사랑하는
한민족으로 돌아갔다

지척이면 가는 곳
칠십 년 동안 헤어져
오지도 가지도 못했던 세월

반동강 난 강산
생이별을 강요당하며 살아온
칠천만 겨레의 눈물이

간절한 평화와 통일의 바람이

판문점 자유의 집

북에서 가져온 평양냉면 한 그릇에 녹고 있었다.

판문점선언

2018년 4월 27일
철쭉꽃 붉게 피어나던
판문점

세계가 숨죽인 가운데
남북의 두 정상이
군사분계선을 가운데 두고
서로를 포옹했다

육십오 년 만에 처음으로
남쪽 땅에 발을 디딘
북한의 젊은 지도자

악수를 나눈 두 정상이 함께 두 손을 잡고
깜짝 군사분계선을 넘던 그 순간
모두의 심장이 뛰었다

그 순간 남북을 갈라놓았던
군사분계선은 사라졌다

칠십 년 오랜 생이별의 세월도 사라졌다

분단을 넘어 증오를 넘어
마주 잡은 손

세계에 남북은 하나다
하나가 되어야 한다고
말하듯 굳게 잡은 두 손

전쟁과 분단의 상징
판문점이
평화의 가교로 다시 태어난 날

서로가 총부리를 겨누던
그곳에도 봄이 오고

평양냉면 한 그릇에
다시 하나로 돌아가
얼싸안은 남북

함께 손잡고 부르는 아리랑 합창 소리가
휴전선 너머로 울려 퍼진다.

도보다리, 봄

육십오 년 만에
남북의 두 정상이 만났다

두 손을 잡고
서로의 심장 소리를 들었다

먼 길 걸어온 아픈 다리
힘겨운 어깨 다독이며
서로의 눈빛을 바라보았다

아직도 멀고 힘든 길
함께 걸어가자
굳게 두 손을 잡았다

도보다리 위엔
고요만이 내려앉고
두 정상의 어깨 위로
봄 햇살이 부서졌다

긴 세월 녹슬고
얼어붙은 판문점에도 봄이 왔다.

하늘의 별이 내려온 듯

하늘의 별이 내려온 듯
아름다운 백만 촛불

정의와 민주주의를 지키는 촛불
이 나라의 미래와 어두움을 밝히는 촛불
국민 하나하나의 마음과 꿈과 소망이 모여
빛나는 촛불이 되었다

백만 개의 별이 되었다

백만 개의 별보다 아름다운
백만 개의 촛불이 빛났던
이날을 역사는 아름다운 민주주의로 기억할 것이다

작은 촛불이 모여
정의와 진실을 바로 세운 날

아름다운 혁명으로 기록할 것이다.

광장의 봄

꽃이 피었다
한 송이 두 송이
어느새 늘어난 꽃
광장을 가득 채우고

바다가 되었다
파도가 되어 출렁거렸다

작은 꽃들이
이름 없는 꽃들이 하나둘 모여 촛불을 밝히고 하나가 되었다

서울에서 부산에서 대구에서
광장으로 광장으로 쏟아져 나온 촛불들

손에 손 잡고 피워낸 희망
소녀가 밝힌 작은 촛불 하나가
고사리 같은 손에 든 촛불이

얼어붙은 광장을 녹이는
봄이 되었다
거대한 어둠을 태우는 빛이 되었다

그렇게 간절함으로
눈물겨운 기도로 밝힌 그해 겨울

마침내 긴 겨울이 물러가고
광장에 봄이 왔다
꽃이 피었다

세월호 아이들 웃음이 노랗게 피었다.

오는구나
― 3년 만의 세월호 인양에 붙여

오는구나
너희들이 돌아오는구나

한 발 한 발 힘들게 오는구나

참으로 멀고 힘든 길
엄마가 그리워 비틀대며 오는구나

이제 걱정 마라
다시는 차갑고 어두운 바다로 돌려보내지 않을 테니

힘내서 조금씩 와라
천천히 와도 괜찮다

엄마 아빠 기다리는 따뜻한 품속으로 걸어와라

해지고 찢어지고 너덜너덜한 상처
이제 우리들이 치유해주마

어둡고 차가운 바다의 기억은 잊고
아이들아
모두 돌아와 따뜻한 엄마 품에 잠들어라.

제2부

선운사

선운사 처마 위로
얼마나 많은 바람이 스쳐갔는지

선운사 앞 시내에
얼마나 많은 물이 흘러갔는지

얼마나 긴 세월
붉은 상사화는 피었다 지고

봄날 동백은 홀로
불꽃처럼 타올랐다 스러져갔는지

억만의 겁이 흘러도
씻기지 않는 그리움 하나

오늘도 붉은 꽃 한 송이 피워내고
처마 끝 풍경은 홀로 운다.

봄

폭설 그치고

햇볕이 따사로운 2월 어느 날

제과점에서 초콜릿 한 통을 샀다

발렌타인 때도 안 사본 초콜릿

지난겨울부터 병석에 누운

선생님 병문안을 가는 길

다른 건 아무것도 못 드신다기에 초콜릿 한 통을 준비한다

전화 속 칼칼한 목소리가 아직도 선한데

많이 여위고 수척하신 모습

그래도 반가이 맞아주시는 선생님께

다가가 손을 잡아드리며 마음으로 빌어본다

좋은 세상 올 때까지 떠나지 마시라고

혈혈단신 남으로 내려와

인생의 숱한 어려운 고비를 헤쳐 나왔듯이

이번 병마도 꼭 이겨내시라고

봄조차 오지 않는

길고 어둡고 추운 겨울

바람막이 되어주시던 어른들이

하나둘 다투어 이 땅을 떠나시고

더욱 쓸쓸하고 황량한 이 시대

선생님만은 따스한 모습 그대로 곁에 있어주길

힘겹게 서명한 시전집 한 권을 들고

돌아오는 길

아직은 봄이 오지 않은

먼 하늘을 바라보며 가만히 기도한다

얼어붙은 이 땅에도 봄이 돌아와

눈물겹도록 환한 봄 함께 볼 수 있기를.

지리산 가는 길

구례 남원을 지나서
지리산 가는 길

하늘이 너무 푸르러
골짜기마다 나무와 풀들이
너무 눈부셔
눈물이 났다

남도길 줄곧 동행한
길가의 백일홍도
그 꽃잎 더욱 붉어지고

멀리서 바라본
가신 이들의 노래가
너무도 청정하여 서러웠다

백 일 동안 간절하게 그리워하다
그 소망을 이루지 못하고

숨겨간 처녀의 슬픈 전설처럼

그렇게 간절한 염원을 품고
한 시절 젊음과 꿈을 바친 이들
끝내 허망한 꿈
한 점 이름 없는 꽃으로 지고

골짜기마다 계곡마다
갈가리 찢긴 자국 보듬고
자식 잃은 어머니처럼
오래오래 흐느끼며 슬퍼하던 산

오늘도 맑은 바람은 슬픈 넋들을 달래고
안으로 목메는 울음
모진 상처 감추고
고요히 미소 짓는 늙은 어머니처럼
외롭고 지친 영혼들
따뜻이 안아주는 그곳,

누군가 부르는 소리에 뒤돌아보면
운무 낀 천왕봉에 바람이 서늘하고
나지막한 노고단 자락엔
햇살만이 빛난다.

문

문이 열렸다

성에 낀 쇠창살 아래
완강히 닫혀 있던 문

미처 가져오지 못한
내 남루한 기억들과 열망을
꺼내오고 싶어
많은 시간 기웃거리던 문

어느 날 그 문이 소리도 없이 열렸다

하지만 이제 나는 그곳에 없다

낯설어진 그 문을
나는 슬픈 눈으로 바라본다.

미황사에서

해남의 땅끝마을을 달려
너를 만나러 갔다

이미 해는 지기 시작하고
황금빛으로 내려앉는데
마음은 저만큼 산길을 내달아도
발길은 아직 예 머물러 있으니

점차 달마산 그림자 짙어지고
대웅전 계단을 건너뛰어 올라
숨이 턱에 닿을 무렵
마침내 너를 만났다

눈물처럼
꽃처럼 찬란히 지는 노을
바다와 산과 호수를
붉게 물들이며
내 가슴에서 부서지는 노을이여

닿지 못한 인연

한 점 꽃처럼 스러지고

덧없는 발길만 스쳐가는

해남 땅 미황사

수국의 푸른 그림자 흔들리는 산사 마당

멀어져버린 인연을 놓아주고 내려오는 길

처마 끝 풍경 소리 오래오래 따라왔다.

황색 가을

— 아라파트를 추모하며

낙엽은 망명정부의 지폐처럼 날리고
가을은 전염병처럼
우리의 희망을 앗아간다

가을이 되어도
지구의 불행은 여전하고
다시 재선에 성공한
미합중국 대통령의 미소 짓는 얼굴은
드라큘라 백작의 재림처럼
이 가을을 더욱 불안하고 우울하게 만든다

다시 한 차례 바람이 스치고
별 하나가 졌다
저항과 투쟁의 별
버림받은 땅을 지키던
전사이자 혁명가의 붉은 별 하나
요르단 서안에 지고

압제자들의 미소와

짓밟힌 아랍 민중들의 분노와 눈물 속에

사랑하는 흙 한줌과 함께

고단한 생애를 눕힌 그의 영혼은

아직도 젖과 꿀이 흐르는

가나안 땅을 찾아 떠도는 슬픈 유랑자인가

그를 위해 한잔 술을 마시는 밤

창밖에는 우수수 별이 지고

가을은 그렇게 겨울을 향해 가는

장송곡처럼 음산하게 흐느낀다

칼바람 매서운 손톱을 세우고

여린 살을 할퀼 준비를 하고 있는

헐벗은 가지 같은 이 땅,

겨울은 또 얼마나 깊고 무거울 것인가

우수수 나뭇잎 흩날리며

한밤의 공습 사이렌같이

잠든 도시 곳곳

절망과 불안의 황색 바이러스를

마구 퍼트리는 가을,

몹쓸 가을……

겨울과 봄 사이
― 엽서

그대의 안부가 궁금하여
날마다 발돋움하여
그대의 닫힌 창을 건너다봅니다

그 겨울 병 깊어 떠난 그대는
보이지 않고
밤마다 시린 별빛만
가지에 내려앉는데

내 기다림에 엽서처럼 다가올
봄 같은 그대를 기다리다
마음 쓸쓸하여
공연히 휘파람도 불어보고
툭툭 꽃눈도 틔워보며
그대 창 앞에 한 그루 나무로 서 있습니다.

시인학교에서

5월 어느 날
떨어지던 꽃잎처럼

격렬한 아픔도
폐를 찌르던 날카로운 분노도
깊디깊은 절망도
한잔 술에 씻겨져
지나갔다

다시 물처럼 시간이 흘러간다
다시 세상이 저만치 내다 앉는다

그 속에서
혼자 문 닫고 돌아앉아
빛바랜 꿈도 건져보고
스쳐가는 바람 훔쳐보기도 하고
때로는 쓸쓸해하다가
그렇게 점점 가라앉아가는 모습을 지켜보기도 하고

세상은 가끔 몸뚱이를 수면 밖으로

밀어올리기도 하지만

눈앞을 막아서는

여전히 깊고 완강한 어둠

하지만

시인학교에서

한잔 술에 젖는 날엔

추억을 마시는 날엔

다시 옛사랑에 가슴 저리듯

지금도 못다 한 희망은

어디서 한줄기 햇살처럼 스며들고 있는지

바람 불어도 꽃은 피더라

며칠째 황사 바람 불던 날
어, 꽃이 피었다
한 송이 두 송이……

메마른 가지에
등불을 밝히고
눈앞이 환해지는 웃음 터뜨리며

그렇게 꽃. 이. 피. 었. 다

바람 불어도
꽃샘바람 불어와도
황사 바람 불어와도

겨우내 녹슨 창에
성에 녹아내리듯
꽃이 피었다

한 나무, 두 나무……

가슴마다 꽃등을 달고

그렇게 봄 속으로 간다……

춘삼월, 눈 내리다

3월 저녁, 눈이 내렸다
지상의 길들이 지워지고
사람들은 검은 박쥐 떼처럼
여기저기 흩어진 채
퇴화된 날개를 펴고
일제히 눈 위로 날아올랐다

눈의 급습을 받은 차들이
눈구덩이에 처박혀
헤드라이터만 껌벅거릴 때
낄낄거리는 눈발 속에
사람들이 지워지고
도시가 지워지고

지상의 명령이 사라진 곳에
지상의 길들이 사라진 곳에
우울한 일상이 사라지고
잠자던 유쾌한 자유가 꿈틀거리고

길과 도시를 빼앗긴 사람들은
무수한 빌딩 벽에
박쥐처럼 부딪혀 떨어지다가
곧 묶인 두 다리를 풀고
잃어버린 원시의 숲을 향해
아득한 날개를 편다

겨울나무 무거운 팔을 벌린 채
어둠을 기다리는 하늘가를
무수한 새들이 울며 날아갔다

겨울의 끝,
방심하듯 들뜬 마음들을 습격한
하얀 눈의 기습
난데없는 눈에 점령당한 도시는
한바탕 즐거운 축제를 시작한다.

여자
― 슬픈 누드

그 여자의 누드는 슬프다

메마른 모래벌판

누렇게 불어오는 황사 바람 속에

홀로 서서 먼 곳을 바라보는

그녀의 벗은 몸은 슬프다

물기 다 빠져나간 나뭇가지 같은

가뭄으로 말라 갈라지는

마른 논바닥 같은 그녀는

황토로 빚어 만들어놓은

바로 이 땅의 여자이다

거친 머리칼

굵은 팔다리

단단한 허리

부끄러울 것 없는 푸른 숲

대지를 딛고 선 그녀의 누드는

더 이상 연약하지 않다

거친 흙바람 속에서도

생명을 품고 키워온

비와 바람과 햇살

모진 파도와 눈보라가 키워준 몸

슬픔도 기쁨도 가슴에 안아

한 송이 꽃으로 피워내는 몸

끊임없이 짓밟히고 더럽혀져도

새벽이면 별빛 아래

맑은 강물로 씻고 일어서는

처음 그대로의 자연이다

강하고 아름답고 순수한 누드

그러나 가진 것 모두 내어주는

누이의 슬픈 누드이다.

어느 가을,

문학지에 실린 시들을 읽어나가다
그 아래 약력란에
아직 시집 한 권 없는
시인의 이름이 휑하니 춥다

나이가 젊으면
젊으니까 기다리면 되지만
등단한 지 십 년이 넘어도
시집 한 권 없는 시인의 이름은
헐벗은 몸을 보는 것처럼 슬프다

누구는 가난한 영혼을 누일
방 한 칸 없어 떨고 있는데
어떤 시인의 이름 밑에 줄줄이 달린 시집은
거추장스런 장식물 같아 불편해지는
가을밤,

거리엔

남루한 몸뚱이 하나 가릴 수 없는
시들이 낙엽처럼 날아다니고

시집은 시인의 집

지상에 방 한 칸
돌아가 쉴 곳 없는
시인의 발길은 쓸쓸하다.

새

시가 떠났다
말을 잃어버렸다

버려진 가슴속엔
바람 소리만 들리고

굳어버린 혀에는
시가 되지 못한 울음들이
밤마다 맴돌다 사라져갔다

텅 빈 가슴속에는
어둠과 먼지만이 쌓여갔다

어느 날
꿈속에 하얀 새 떼들이 날아오르고
가슴속 고인
눈물들이 조금씩 흘러나왔다

점점 둑 터지듯 흐르는 눈물
온몸이 젖도록 울었다

가슴속 하얀 새 떼가 다 날아갈 때까지

그리고
비로소 터진 말문

시가 다시 돌아왔다
그가 돌아왔다.

겨울과 봄 사이
— 겨울나무와 봄나무

아직 봄나무가 되지 못한

겨울나무들이

날카로운 톱날에

소리 없이 잘려나간다

긴 겨울 그리움처럼 무성해진

가지들을 잘리며

나무는 무슨 생각을 할까

찬바람 속에

함께 나누었던 온기

바라볼 때마다 더 외로워졌던

시린 겨울 하늘을 기억할까

휑하게 잘려나간 자리엔

아직도 푸른 숨결이 남아 있을까

모든 것 다 버리고

긴 시간 눈 속에 파묻혀

빈 가슴으로 지켜온 시간이지만

아직도 버려야 할 것이 남았나 보다

봄나무가 되지 못한

겨울나무의 아픔처럼

우리의 가슴속에 가지 내린

사랑도 욕망도 부끄러움도

또 그렇게 한 번의 가지치기를 한 후

봄은 오려나 보다

가슴속 아픔마저 잘라낸 후

비로소 나무는 봄나무로 서려나 보다.

다시 첫사랑을 노래하다

추억은 사라지지 않는다
푸른빛 가득하던 그 봄날
벤치 위에 떨어져 쌓이던
라일락 꽃잎처럼
추억은 아름다웠지만
목마른 젊은 시절
첫사랑 같은 자유를 알게 된 뒤
거리에서 광장에서 깃발 아래서
자유를 노래할 때
머리 위 별빛처럼 빛났지만

그 거리를 떠나
그렇게 잠시 너의 이름을 잊고 살았지만
낯설고 텅 빈 이 거리
진눈깨비 내리는 겨울
추억은 내게 다가와
따뜻한 손을 내민다
사루비아 붉게 물들이던 하늘도

성난 바람처럼 출렁이던 물결도

오늘 한 점 푸른빛으로

내 기억 속에 머무는데

이제 자유는 추억 속에서만 숨쉬는가

그 푸른 날개의 기억들

아직도 그 시절을 꿈꾸건만

삶은 마른 꽃향기 적시는

어둡고 메마른 그림자뿐인가

그러나 추억은 사라지지 않는다

잊히지도 않는다

푸른빛을 잃지 않는 종이처럼

다만 먼지 낀 시간들이 그 빛을 바래게 할 뿐

오늘 나는

먼지 켜켜이 앉은 그리움을 깨우고 싶다

아직도 펄럭이는 깃발과

눈 시리도록 푸른 5월 하늘

가슴 떨리던 입맞춤을
이 첫사랑의 거리에서 기억하고 싶다
때론 추억은 견디기 힘든 삶을
견디게 하는 힘이 된다
때론 자유는 어둠을 밝히는
희망의 노래가 되기도 한다.

제3부

나의 시

오랜 불임의 고통을 찢고

어둠 속에서

남몰래 낳아

피 흐르는 탯줄을 끊어야 했던

사생아 같은 나의 시

푹 꺼진 자궁 속

날마다 자라는 혹같이

내 삶을 아프게 했던

나의 시

이제는 너에게 기쁨을 주고 싶구나

숨겨진 네 모습

햇살 아래 드러내고 싶구나

눈물로 네 피를 씻어주고 싶구나.

춘래불사춘 1

봄비 내리고
진달래 개나리 피어나면
봄이 오는 줄 알았지

봄비 내리고
산에 들에
진달래 개나리는 피어나는데
봄은 아직 오지 않았구나.

춘래불사춘 2

목련이 피었다고 소식을 전합니다

목련이 졌다고 답이 옵니다

진달래가 피었다고 소식을 전합니다

진달래가 졌다고 답이 옵니다

그렇게 꽃은 피었다 지고

서러운 봄이 갑니다

말 없는 세월만 갑니다.

그해 여름
— 아버지를 보내며

그해 여름
장마가 시작되던 날 아버지는 가셨습니다
담장 위의 시든 꽃잎들
빗줄기에 툭 하고 떨어지듯이

아버지를 보내던 날도 비가 내렸습니다
미리 파놓은 황토 구덩이에
아버지의 육신을 묻고 돌아오는 길
비는 쉼 없이 내리고
가슴 한가운데 파인 붉은 구덩이는
내내 메워지지 않았습니다

가장 깊은 어둠과 고통을 거쳐
이르게 된다는 빛과 평화의 세계
무겁고 고된 삶을 벗어버린
아버지의 가벼운 영혼을 위해
육신은 땅속 더 깊이깊이 묻히고
한 삽 한 삽 다져지는 걸

말 없이 눈물로 지켜보았습니다

달구야의 구성진 소리도
어느덧 만들어진 낯선 봉분도
모두 꿈속처럼 느껴지는 풍경들
한잔 술에 아버지를 홀로 두고 내려오는 길
이렇게 생과 사의 길이 순간임을
웃고 울고 사랑하는 한평생이
한줌 연기처럼 사라질 수 있음이
못내 믿어지지 않아
돌아보고 또 돌아보며
그렇게 휘청대며 내려온 하산길

비에 젖은 들꽃들이
아버지의 넋처럼 하얗게 손 흔들고 있었습니다.

날개

새벽마다
그대가 물 긷는 소리를 듣습니다

아직 잠깨지 않은
숲속의 풀들을 헤치고
그대가 길어온 맑은 샘물은
내 영혼의 빈 독에
날마다 출렁입니다

깊은 밤 어디에선가
그대가 가시 옷을 짓고 있음을
알고 있습니다

그대의 눈물 어린 그 가시 옷에
피 한 방울 떨어져
내 가슴을 물들이고 있음을
나, 꿈속에서
그대의 발자국 소리를 들으며 깨닫습니다

그대가 내 슬픔의 긴 머리칼을 엮어
오랜 기다림의 산과 강을 건너
마침내 내 앞에 오시는 날

그대의 손에 빛나는 가시 옷 한 벌
그 가시 옷은 나에게 날아와
태양보다 빛나는 날개가 됩니다

비로소 나는 그대의 눈물로
훨훨 날아오릅니다.

낙타를 위하여

가는 길이 너무 멀다

길은 끊어지고
오후의 햇살 가득 받으며
날아들던 신전의 새들은 보이지 않는다

날카로운 발톱을 세운 독수리들은
죽음의 냄새를 맡고
머리 위에서 빙빙 도는데
타다 남은 돌 더미 같은 너의 영토엔
비 한 방울 내리지 않고
네 영혼은 해바라기처럼
까맣게 타버렸구나

평생을 지우지 못할
거대한 슬픔의 봉우리
네 눈에도 귀에도 가슴에도
모래가 버석거리고

언제쯤 닿을 수 있을까

목이 마르다
외로운 사막에 잠깨어 있는
너의 젖은 눈동자
긴 눈썹이 달빛에 젖는다

가슴을 타고 흐르는 강줄기
시냇물로 졸졸거리다가
이내 깊은 강으로 출렁거리는
그리움의 강은
그러나 한 송이의 꽃도 피우지 못하고
한 방울의 갈증조차 적실 수 없어
네 몸은 점점 여위어가는데

무덤도 꽃도 없는 죽음
너의 뼈는 하얗게 삭아
뜨거운 모래바람 속에 흩날리리라.

달

날로 사위어가는 빛
그믐달에서 보름달로
보름달에서 다시 그믐달로 변해가는
달의 행로를 따라가는 당신

낮엔 환한 빛에 가려서
어둠 속에서만 빛나던 삶
때로는 구름 속에 가려서
때로는 창백한 반달로 여위어가도
놓지 않았던 사랑의 질긴 끈
자신의 삶을 묶는 굴레가 되어도
남몰래 눈물과 한숨 감추며
당신은 어둠을 지키는 달이고자 했습니다

당신의 사랑을 먹고
날로 둥글게 여물어가는 마음의 달
그러나 당신은 이제 빛을 잃고 있습니다

유독 모난 가슴에
무거운 돌 하나 더 얹어준
못난 딸, 시인이라는 이름으로
세상만물을 노래하면서도
당신을 위한 시 한 편 쓰지 못했음을
이제야 뉘우쳐보지만
조금씩 어둠을 닮아가는
당신을 잡지 못함에 애닮을 뿐입니다

잡을 수 없이 세월 속으로 가는 당신
마침내 텅 빈 어둠으로 남는 날
당신이 있던 그 자리엔
당신을 닮아가는 내가
다시 그 어둠 속에 서 있을 것입니다

내 생의 따뜻한 이불이었고
밤길 비춰주던 은은한 달빛이었던
어머니, 당신을 사랑합니다.

꽃

어머니는 꽃처럼 웃었다

아버지와 나란히 받던
생신상
이제는 홀로이지만

몇 년 전 병상에서 일어난 후
모처럼 보는 환한 웃음

축하하는 사람들 속에서
젊은 날처럼 여전히 고왔다

일곱 남매 품어서
세상으로 내보내기까지

든든한 그늘이 되어주고
어둠 밝혀주는 달빛이 되어
평생 자식 위해 걸어온 길

이제야 비로소

다 큰 자식들 재롱을 보며

환하게 웃는 어머니

그 생애가 꽃처럼 피었다.

꿈

두 해 전 여름
뇌출혈로 쓰러지신 어머니
수술 받고 입원한 몇 달

꿈속에서
열여섯 살 소녀 시절과
아이들 낳아 키우던
새댁 시절로 돌아갔다

어린 시절 고향 얘기와
칠 남매 낳아 올망졸망 키우던
젊은 시절은
하루에도 몇 번씩 말하면서

아버지 돌아가신 십 년 전 일은 기억 못하는 어머니

아마도 가장 기억하기 힘들고
생각하고 싶지 않은 기억인가

아버지 유언도 없이
갑자기 돌아가시고
장례식 치르고 돌아온 날
집에 홀로 남은 어머니

자식들 다 돌려보내고
빈집에 홀로 남아
평생을 운 것보다
더 많이 울었으리라
그렇게 아버지를 떠나보낸 어머니

지금도 어머니는 가끔 소녀 시절과
새댁 시절로 돌아가
소녀처럼 해맑게 웃으신다.

봄날

지난해 4월 어느 봄날
벚꽃처럼 환히 웃으며
혼자서 여의도 벚꽃 구경 다녀왔노라
자랑하시던 어머니

소녀같이 상기된 목소리
오랜 지병으로 거동이 불편하신
아버지의 병간호 생활이 고되고 갑갑했음일까
아님 흐드러지게 핀 벚꽃이
불현듯 옛 추억 속으로 이끌었음일까

해마다 피고 지는 벚꽃을
먼발치에서 보며
무엇이 그리 바쁜지
벚꽃 구경 한번 번번이 못한
못난 딸을 부끄럽고 미안하게 하는
어머니의 목소리

봄바람처럼

햇살처럼 가슴을 흔들던 봄날
그 찬란하던 봄날이
그해 여름 불현듯 아버지 떠나신 후엔
이젠 눈물처럼 아롱인다

어머니 혼자가 아닌
두 분이서 나란히 손잡고 구경했다면
고운 추억이 되었을 것을
흩날리는 꽃잎처럼
부질없는 것이 삶인 것을
어머니는 그때 모르셨겠지

이제 아버지와 살던 큰 집이 싫어
세간살이 다 정리하고
단출하게 살림을 꾸려
홀로서기를 준비하는 어머니

그렇게 긴 겨울 보내고
또 어느 해 꽃잎처럼 훌쩍 떠나기 전에

다가오는 봄엔
어머니 손 꼭 잡고 벚꽃 구경 가요
어머니 그때도 고운 미소 보여주세요
산다는 것이 외롭고 슬퍼도
벚꽃처럼 환히 웃어봐요.

변비

오늘 아침도
세상으로 나가야 할
시들이
나가지 못하고
몸속에 꾸역꾸역 쌓여서
아우성친다.

우기

돌아가는 길이다

홀로 돌아가는 길이다

숱하게 지나왔던

그러나 언제나 낯선 길모퉁이

낙서처럼 흘러버린 날들

너무 많이 써버린 희망 때문에

아물지 않은 상처 자국처럼

머릿속은 욱신거리고

후덥지근한 바람 속에

다시 각질이 일기 시작하는

건조한 일상의 틈 사이

스멀스멀 일어나는 권태의 박테리아

불안한 영혼 속으로 파고드는

절망이란 병균을 태워 없애기 위해

나는 잠시 파란 유리창의 약국 앞에 서성거린다

기억 하나도 놓치고 싶지 않은

흉터처럼 박혀 있는

열망도 치욕도 온전히

내 것으로 껴안고 싶었던 날들

서늘한 유리 창문을 밀고 나오면

입안 가득 고여오는

다디단 잠 같았던

쓰디쓴 회한 같았던 기억들

그래, 지독하게 더운 날이었지

울컥거리는 붉은 울음 토해내며

담장 너머 장미 넝쿨은 자꾸만 현기증을 일으키는데

벌써 때 이른 여름 먹구름은

지루한 우기를 예고하고 있다.

장마전선

7월 한 달 내내
장맛비는 밤낮으로 내리고
우리는 맨발로 물 위를 건너고 있다

수면 아래 언뜻 푸른 기억들이
지느러미처럼 흔들리다 사라지고
쉽게 무너지고 쉽게 흔들리는
일상의 건너뛰기 또는 견딤

어쩌다 비가 그치면
닫혔던 마음들이 몰려나와
낯선 듯 햇살을 바라보다가
이내 다시 물속으로 잠겼다

어둠도 비와 함께 내려
그 속에서 우리는 어둔 꿈을 꾸며
낯선 거리를 비와 함께 흘러내렸다

가끔씩 젖은 우산을 펴놓고
축축하게 젖은 슬픔의 습기를 말리고 싶었지만
삶의 우울과 무기력은 쉽게 가시지 않고
질척거리는 무거운 옷자락이 되어
더 깊은 곳으로 우리를 끌어당겼다

밤이면 금방 빤 이불처럼
뽀송뽀송한 꿈을 그리워하며 잠들어도
삶의 고온다습한 전선에
시원한 바람 한 줄기 쉽게 불어와주지 않고
습기와 곰팡이로 얼룩진 벽처럼
몸은 물속에 잠겨 무겁게 가라앉지만
마음은 버려진 식물처럼 점점 물기를 잃어갔다.

추. 일. 서. 정

갑자기 끊겨진 편지
인적 없는 길에
오래도록 서 있는 자전거 한 대
가을바람은 구겨진 셀로판지 같은
정적을 몰래 싣고
비어 있는 거리 사이로
슬며시 들어오더니
어느새 금빛 사금파리가 되어
갈비뼈 사이로 비집고 들어왔다
마음보다 몸이 먼저 아픈 날
가을 햇살 아래
하얗고 투명하게 드러나는 슬픔의 뼈들
네가 떠난 후
다섯 번째 갈비뼈가 유난히 아프더니
밤마다 그리움의 물결로 차올라
그 푸른 아침이면 숨이 가빴나 보다
멀어진 바다처럼
인적 없는 길에

바람이 불고

비가 내리고

나뭇잎이 떨어져 흩어지는 것을

날마다 창으로 바라보며

마른 풀잎처럼 저물어가던 날들

가을저녁 쓸쓸한 그림자로 몸을 눕혀도

아직도 늑골 깊숙이 고여

오랜 통증으로 남는

생(生), 그리고 푸른 날들의 기억.

투병기 1

아침마다 삼키기 싫은
알약을 삼키듯
날마다 절망과 두려움을
몸서리치는 비애를
알약 삼키듯 억지로 삼킨다

한 움큼 되는 알약들을
입안에 털어놓고
물을 삼키면
목구멍에 걸려
다시 밀어 올리는 슬픔조차
말 없이 꾸역꾸역 삼킨다

그렇게 오랫동안
내 속으로 밀어 넣은
슬픔, 희망, 눈물
잎 다 떨어진 파리한 꿈들
모두 피 속으로
뼈 속으로 녹아 형체도 없어지길
아무 탈 없이 그렇게 소화되길

바랐건만

괜찮다고,
아직은 괜찮다고,
조금 더 견딜 수 있다고 달랬지만
내 몸은 이미 한 귀퉁이가
떨어져 나가고 있었던 것을

조금씩 조금씩 무너지고 있었음을
어느 날 느낀 숨이 막힐 듯한 고통보다
더 오래 아파왔음을
알지 못했구나

오래전 마음이 병들었듯이
이미 쇠잔한 몸이
감당할 수 없음을 알면서도
부질없는 희망을
아침마다 붉은 알약처럼 삼키며
허물어진 몸 한가운데로
꾸역꾸역 밀어 넣는다.

투병기 2

2주에 한 번 의사는 내 피를 빼서
정상인지 검사한다

가느다란 혈관을 타고
내 몸에서 빠져나가는 10cc의 피를
물끄러미 보면서 나는 생각한다

90%의 물과 10%의 혈장으로
이루어졌다는 주사용기 속의 붉은 액체가
내게는 90%의 절망과 10%의 희망
90%의 고통과 10%의 위안
90%의 환멸과 10%의 아름다움으로
이루어진 생의 지도처럼 보인다

의사는 묻는다
어디 불편한 데 없습니까

아직은 엎드리거나

옆으로 누워서 바라볼 수 없는 세상이
머릿속을 맴돌고

차트를 대강 훑어본 뒤
내 피 속에 떠서 부유하는
치명적인 우울과 치욕의 바이러스를
의사는 알아채지 못하고
정상 판정을 내린다

자리에서 일어나면서 나는 반문한다
오늘 내 희망은 무사한가?

병원 문을 나서면
길가의 노랗게 앓던 낙엽들
우수수 떨어져 날리는
11월 늦가을 오후.

서울 흐림, 가끔 비…… 그리고 안개 짙음

7월, 긴 여름
장마와 태풍이 번갈아 스쳐가는
서울은 지금 흐리다

간밤에 주룩주룩 쏟아지던 빗줄기
흐린 창문을 열면
자욱한 안개 속에 잠긴 강물

성난 물줄기들 풀잎을 휩쓸고 지나가고
멀리 보이는 잠수교
다시 한강 아래서 꿈꾸고 있는지

작은 물에도 쉽게 잠겨버리는
우리의 일상
눅눅한 슬픔이 습관이 되어버린
불안한 날들을 견디며
조심스레 더듬으며 건너가는

7월 서울의 하늘은 흐리다
서울 흐림, 가끔 비…… 그리고 안개 짙음.

제4부

봄을 도둑맞다

목련 엔딩

벚꽃 엔딩

라일락 화들짝,

너무 짧은 봄

봄을 도둑맞다.

1월

올겨울 들어
몇 번째인가 눈이 내렸다

목마른 나무들이
메마른 도시가 혀를 내밀어
그 눈을 삼켰다

다시 태양이 빛나고
남아 있는 꿈의 단맛을
입맛을 다시며 음미하는

흐린 유리 같은
1월의 거리
고개 숙인 가로수들은
불안하고 결핍된 영혼들을 닮아
나날이 창백해져간다

이제 가벼운 장난 하나가 끝나고

숨겨두고 싶었던 비밀처럼

놀이는 끝났는데

아직 장난감을 버리지 못하고 있는

아이처럼

1월은 어정쩡한

때로는 침울한 얼굴로

나를 보고 있다.

그날 이후

이제는 온기를 잃어버린 몸
뱀처럼 차가운 혓바닥을 세우며
싸늘하게 닿는 몸이 징그러워
푸른 비늘을 번득인다

따스한 몸을 기대고
먼 하늘을 바라보며
함께 꿈꾸던 때
그때 세상은 평화로웠던가
바라보는 눈길은 아름다웠던가

메마른 노래 소리
별빛 아래 스러지고
무성하던 가지들
토막토막 잘려 나갈 때
함께 있음은 더 이상 위안이 될 수 없다

살기 위해 징그럽게 변한 몸뚱이는

칼날이 되어
가슴을 찌르고
팔 다리를 베어내며 운다
서로의 피 묻은 칼날을 보며 운다

해바라기 웃음 하나만으로도
빛나는 강철이 되었던
지난여름을 잔인하게 배신하며
절망과 부패의 냄새 가득한
속살을 마구 헤치며
침몰하는 시대 깊숙이 꽂히는
칼날이 되어,

그가 나를 보고 있다

그가 나를 보고 있다
누워 있는 나를 보고 있다
둥글게 팽창되어가는
나의 몸을 보고 있다
가죽 트렁크의 지퍼를 열듯
그의 앞에 하나씩 펼쳐지는
나의 몸
얼굴
가슴
팔 다리
그는 나를 하나씩 해체하기도 하고
또 부품을 맞추듯 조립하기도 한다
그러면서 본다
때로는 속도를 빠르게 앞으로 돌리기도 하고
천천히 음미하려는 듯
뒤로 돌려놓기도 한다
나는 그를 볼 수 없다
그는 철저히 어둠 속에

또는 너무나 눈부셔 볼 수 없는

그곳에 자신을 숨기고 있다

나는 그를 볼 수 없는데도

그는 나를 보면서 즐긴다

손가락 하나로

나를 조종하고 움직이고 통제한다

나는 그를 볼 수 없는데

그는 내 머리 위에서

내 눈 속에서

나를 보고 있다.

꽃이 진다

꽃이 진다

내 몸에서도 꽃이 진다

꽃이 질 때처럼

어디선가 어둡고 음습한 냄새가 난다

봄날 마음대로 뿌리를 내리고

가지를 뻗으며

마구 꽃망울 부풀려

흐드러지게 꽃잎 피워대던

눈먼 한철이 이제 저무나 보다

비등점을 넘어 저 혼자 끓어오르다

헤집어진 상처처럼

마구 피고름 흘리게 하더니

이제는 스스로 견딜 수 없나 보다

찬란한 조락의 냄새를 남기며

봄 한 철을 잉태한 채

내게서 떠나가는 질긴 그리움이여

어느 날 너의 빈자리를 보며 깨달았지

아직도 아픈 것은

네가 아니라 나였다는 것을

그 아픔으로 홀로 울어야 했던

봄밤이 저물어가는데

내 시간이 아닌 낯선 시간들이

미몽 속에 흘러가고

꽃 진 나무 아래서

나는 다시 텅 빈 어둠 같은

영혼을 들여다보고 있다

그래 혼자야

상처와 그리움을 가진 자들은

누구나 혼자인 것을

잠시 잊고 싶었던 날들

이제 너를 놓아주고 싶다

한 시절 꿈을 놓듯이

나를 묶었던 너라는

긴 혼몽의 꿈에서 풀려나고 싶다.

무의미의 날들이 가고 있다

갑자기 모든 것이 진부해졌다
싱싱한 빛을 잃고
시들어 쇠락해가는
5월 아침의 철쭉처럼
삶도 사랑도 진부해 견딜 수가 없다
알 수 없는 답답함
어디론가 뛰쳐나가고 싶은 욕구로
가슴이 뻐근해지도록 통증을 느끼는데
나에겐 지금 출구가 없다
흐느적거리는 감상에
젖은 머리를 때려줄
한 줄기 섬광도 없다
자신의 비틀거리는 모습을
조소하는 눈길만이 있을 뿐
나를 붙잡고 놓아주지 않는
질긴 감정의 수렁들
나는 지금 중독되었다
아무리 아름답게 포장해도

아무리 눈부시게 현혹해도

결국 소멸해가는 것들

허옇게 바랜 채 신내를 풍길 것 같은

봄 철쭉 옆에서 나를 본다

갑자기 빛나던 모든 것들이 빛을 잃었다

이제 여름이다

아, 무의미의 날들

무의미의 날들이 가고 있다

강변역 카페 '타임'에서

4월, 어느 봄날 저녁
강변역 카페 '타임'에서
커피를 시켜놓고 편지를 쓴다

많은 사람들이 떠나가고 돌아오는
역 광장에서 나도 잠시
어딘가로 떠나는 꿈을 꾸었다

바람 부는 역 광장의 기다림과
나비 날개 같은 봄날의 설렘을 안고
그렇게 낯선 시간 속으로 떠나고 싶었다

하지만 나는 카페 '타임'에서 떠나지 못하고
커피는 식어간다
내 것이 되지 못한
아름다운 봄날도 지나쳐간다

"저것 봐. 벌써 벚꽃이 지고 있어,

너와 함께 벚꽃나무 아래를 걷고 싶었는데……
지금 양수리엔 자욱한 물안개가 일고 있을까……"

달콤한 봄밤은 익어가고
어디론가 바쁘게 흩어지는 사람들
카페 '타임'의 창가에 앉아
내려다보는 낯선 세상

지금 저 시간 속으로 걸어가면
나도 사랑이란 이름의 막차를 탈 수 있을까.

첫눈

첫눈이 온다는 날

눈은 내리지 않고

전화 속의

네 목소리는 부재중이다

뚜, 뚜

흐린 하늘 저편으로

신호를 보내면

갈잎처럼 서걱대는 가슴

너에게 닿지 못하는 마음은

겨울 하늘 전선처럼 울고

돌아서는 이마 위

하얗게 부서져 내리는

눈꽃,

물푸레 같은 영혼이 지다

9월 소슬바람 부는 아침

한 순결한 영혼이 지다

이름 없는 들녘에 피어난 들꽃 같은 영혼

순수하지만 물푸레나무처럼 푸른 영혼

짧고도 외로웠던 삶

분신 같은 시집 한 권 남기고

바람처럼 스러진 그녀의 슬픈 영혼

자연 속에서 살다 자연으로 돌아간 그녀

따뜻했던 기억 눈물로 달래며 그녀를 보낸다

지금은 이름 없는 들녘에 한 송이 꽃으로 다시 피어났을까.

첫눈이 내리니

첫눈이 내리니

이제 동토의 왕국에 곧 겨울이 닥치겠구나.

전쟁 같은 겨울이

함박눈이 펑펑

어두운 거리로

텅 빈 가슴으로

다시 전쟁 같은 겨울이 밀려오는구나.

김규동 선생님 영전에

아직 이 땅에 봄은 오지 않았는데
저만큼 온 봄 끝내 보지 못하고
님은 떠나셨네요
어둡고 절망적인 시대
좀 더 곁에서 힘과
어둠 밝히는 등불이 되어주시길 바랐는데
조금만 더 견뎌주시길 바랐는데
이렇게 홀연히 떠나시니 참으로 애통합니다
이제 오랜 세월 모진 그리움 내려놓고
묶인 몸 훨훨 날아
분단도 이별도 휴전선도 없는
북녘 땅 고향길 달려가고 계신가요
꿈에도 그리던 어머니 손잡고
고향 들녘 길 거닐고 계신가요
어릴 땐 나라 뺏긴 설움
청년 시절엔 전쟁과 분단의 고통
장년엔 군사독재정권 치하의 탄압과 고난
선생님의 삶은 우리 역사가 걸어온 험난한 길

그 고통과 상처를 온몸에 새긴 삶이었습니다

그 모진 세월 누구도 꺾지 못했던

자유와 평화 통일의 간절한 꿈

그 못다 한 소망

이 땅에 다시 꽃피는 날

당신의 웃음 또한 환히 피어날 것입니다

평생을 그리움으로 사시더니

더 큰 그리움 남겨놓고 떠난 선생님

이제 무거운 짐 내려놓으시고 편히 잠드소서.

헌화를 하며

— 노무현 대통령님 영전에

뜻은 하늘에 닿고
가슴은 이 땅을 다 품었으나
의로운 뜻 다 펴지 못하고
떠나는 그대 영전에 흰 국화 한 송이 바칩니다

백척간두의 위기에서
어둠 속 속울음 울다
다시 온몸 던져 이 나라와 국민을 구한 당신
당신은 스스로 바위에 온몸 부딪혀 울며
잠든 이 나라와 국민들을 깨웠습니다

이제 당신은 설움 많은 땅 떠나가지만
남은 이들은 당신의 뜻을 이어
당신의 스러진 꿈 일으켜 세워
침묵과 절망과 죽음의 이 땅에서
다시 희망과 꿈을 이야기하렵니다

7년 전 당신과 함께 꿈꾸었던
민주와 자유와 평화의 세상
모두가 웃는 사람 사는 세상이 올 때까지
당신의 못다 한 꿈이
다시 피어나는 날까지
부디 하늘에서라도 잊지 말고 이 땅을 지켜주길

누구보다 시대를 뜨겁게 사랑했으나
그 시대로부터 버림받은 남자
슬픈 영전에 눈물로 꽃 한 송이 바치며
한평생 힘들고 외로웠던 삶
그러나 영원히 빛날 그대의 이름 석 자
가슴 깊이 새기겠습니다.

누군가 저 빗속에서 울고 있나 보다

누군가 저 빗속에서 울고 있나 보다

이 저녁 먼 길 떠나야 하는데

차마 떠날 수 없어

그렇게 서럽게 울고 있나 보다

그의 눈물이 넘치나 보다

강마다 골짜기마다

살아생전 편한 울음 한 번 울지 못한

그래서 더욱 서러운 그의 울음이 넘치나 보다

아프고 아픈

모진 고통과 형벌 같은 운명만 안겨준 이 땅이지만

그래도 버릴 수 없어

그래도 미워할 수 없어

자꾸만 뒤돌아보며 누군가 울고 있나 보다

바보 홀로 이 밤을 지새며

그렇게 울고 있나 보다

이 땅을 사랑한 죄밖에 없는 그대 앞에선

모두가 죄인

산 자들의 가슴에 영원한 주홍글씨로 남을 그대

가슴에 품은 큰 뜻도

못다 이룬 꿈도 열정도

한줄기 바람으로 남긴 채

차가운 바윗돌 아래 고행처럼 누운 영혼

여전히 잠들지 못하고

못난 가슴 치며 울고 있나 보다.

4월 저녁에

집으로 가는 길목
낯익은 향기 하나가 따라온다
익숙하고 그리운 냄새
고개를 들어보니 어느새
연보랏빛 라일락 꽃잎들이
바람에 날리고 있다
봄이면 나란히 서서 반겨주더니
지난겨울 한 그루 잘려 나가고
외로이 홀로 꽃을 피웠구나
잘려 나간 자리를 볼 때마다 가슴 휑했는데
그 빈자리까지 채워주는 짙은 향기
희망을 잃은 시대
폐허 같은 가슴 위로
꿈결같이 스쳐간 몇 해의 봄
그래도 네 향기를 기억할 수 있어
이 저녁, 작은 위안이 되는구나.

단재(丹齋)의 시학

맹문재

1.

신동원 시인이 추구하는 민주와 자유와 평화의 세계는 단재가 민족 해방으로 이루고자 한 공간이자 시간이다. 단재는 상해 임시정부가 외교론과 준비론에 치중하며 독립운동을 추구하는 것에 반대해 직접적이고 전면적인 투쟁론을 내세웠다. 비밀 결사대인 동방청년당을 조직했고, 군자금을 모았으며, 임시정부의 기관지인 『독립신문』에 맞서 『신대한』을 창간한 뒤 많은 논설을 통해 무력 투쟁의 필요성을 역설했다. 조선의 생존권을 박탈해간 일제는 강도이기 때문에 일체의 타협을 거부하고 민중이 직접 투쟁에 나서야 한다고 주장한 것이다.

단재의 투쟁론은 준비론이나 외교론에 비해 논리적이지 않고 감정에 치우친 방법이라고 생각할 수 있다. 그렇지만 단재는 그와 같은 우려를 분명히 인식했다. 조국 현실을 감정적으로 대할 것이 아니라 직시하고 헌신적으로 투쟁해야만 독립이 가능하다고 본

것이다. 그리하여 민족의 주권을 회복하기 위해서는 피를 흘려야
한다고 판단하고 두려워하거나 주저하지 않고 칼을 들었다.

내가 나니 저도 나고
제가 나니 나의 대적(大敵)이라.
내가 살면 대적이 죽고
대적이 살면 내가 죽나니
그러기에 내 올 때에
칼 들고 왔다.
대적아 대적아
네 칼이 세던가
내 칼이 센가
싸워를 보자.
앓다 죽은 넋은
땅속으로 들어가고
싸우다 죽은 넋은
하늘로 올라간다.
하늘이 멀다 마라
이 길로 가면
한 뼘뿐이니라.
하늘이 가깝다 마라
땅길로 가면 만리나 된다.
아가 아가 한 놈 두 놈 아가
우리 대적이 여기 있다.
해 넘었다 눕지 말며
밤들었다 자지 마라.
이 칼이 성공하기 전에는

우리 너의 쉴」전 짬이 없다.

— 신채호, 「칼 부름」 전문

위의 작품의 화자인 "나"와 "대적" 사이는 곧 자아와 비아(非我)의 관계이다. 주체적인 위치에 있는 자신이 자아이고, 그 외의 대상들이 비아인 것이다. "나"는 그 "대적"에게 맞서 투쟁하고 있다. 설령 승리할 수 없다고 할지라도 싸움을 포기해서는 안 된다고 생각하고 전력을 다한다. "내가 살면 대적이 죽고/대적이 살면 내가 죽"을 것이기 때문이다. 그리하여 "네 칼이 세던가/내 칼이 센가" 싸워보자고 맞서고 있다. 그와 같은 대결 의식은 매우 강해 "앓다 죽은 넋은/땅속으로 들어가고/싸우다 죽은 넋은/하늘로 올라간다"는 배수진을 치고 있다. 승리하는 순간까지 "해 넘었다 눕지 말며/밤들었다 자지 마라"며 경계도 하고 있다. 자신의 "칼이 성공하기 전에는" "쉴 짬이 없다"는 각오로 싸우고 있는 것이다.[1] 신동원의 작품에서도 이와 같은 자세를 볼 수 있다.

> 한동안 시를 잊었다
> 그리고 칼 같은 말들만 쏟아냈다
>
> 꽃같이 아름다운 시를 쓰고 싶었는데
> 밥같이 따뜻한 시를 쓰고 싶었는데
> 눈앞의 불의와 거짓과 싸우기엔
> 시는 너무 약했다

---

1 맹문재, 「신채호 시작품에 나타난 아나키즘 고찰」, 『한국문예비평연구』 제38집, 한국현대문예비평학회, 2012, 241~243쪽.

그래서 칼을 들고 싸웠다
험악하고 분노 어린 말들을 쏟아냈다
그것이 저들의 가슴에 꽂히는 비수가 되길 바라며

그리고 날카로운 칼로 도려낸 썩고 병든 자리에
다시 희망이 싹트고
꽃 같은 아름다운 세상이
밥 같은 따뜻한 세상이 올 것을 믿으며
나는 기꺼이 칼을 들고 싸우는 시인이고자 한다.

—「꽃과 밥과 칼」 전문

위의 작품의 화자는 "한동안 시를 잊었다/그리고 칼 같은 말들만 쏟아냈다"고 토로한다. 그 이유는 "꽃같이 아름다운 시를 쓰고 싶었는데/밥같이 따뜻한 시를 쓰고 싶었는데" 그럴 수 없었기 때문이다. 다시 말해 "눈앞의 불의와 거짓과 싸우기엔/시는 너무 약했"던 것이다. 그에 따라 화자는 "시"를 버리고 "칼을 들고 싸웠"고 "험악하고 분노 어린 말들을 쏟아냈다". 그 말들이 "저들의 가슴에 꽂히는 비수가 되길 바라며" 맞선 것이다.

그렇지만 화자는 "칼"을 쓰느라고 "시"를 버리지는 않았다. "날카로운 칼로 도려낸 썩고 병든 자리에/다시 희망이 싹트고/꽃 같은 아름다운 세상이/밥 같은 따뜻한 세상이 올 것을 믿"었기 때문이다. 그리하여 화자는 "기꺼이 칼을 들고 싸우는 시인이고자" 한다. 시만 쓰는 존재가 아니라 싸우는 존재가 되려고 하는 것이다. 결국 잘 싸우는 존재가 되기 위해 시를 쓰는 것이다. 그렇다면 화자가 싸우고자 하는 상대는 누구인가? 목표는 무엇인가?

2.

목련이 지고
벚꽃이 지고
해맑던 아이들의 미소도 꽃잎처럼 지고
슬픈 4월의 봄

웃으며 수학여행길에 올랐던
아이들은 돌아오지 않고
아이들이 마지막 남긴 영상만 돌아왔구나
그들이 지상에 남긴 마지막 신호

살고 싶어…… 난 아직 꿈이 있는데……
가슴을 후벼 파는 한마디

바보 같은 어른들은
그 간절한 손길조차 잡지 못하고
너희들을 허망하게 떠나보냈구나

꽃보다 어여쁜 300의 천사들
채 피지도 못하고 진 너희들의 꿈과 미소가
노란 리본처럼 흩날리는 슬픈 봄

세월호가 침몰했을 때 이 땅도 침몰했고
너희들이 죽었을 때 희망과 믿음도 죽었다

열일곱 살 너희들의 너무 짧은 봄,

너희들의 봄을 앗아간 자들 용서하지 말거라

눈물이 분노의 파도가 되고
노란 리본이 깃발이 되어 흩날리는
다시 꽃처럼 웃는 그날까지.
— 「다시 꽃처럼 웃는 그날까지 – 세월호 아이들
영혼 앞에」 전문

　위의 작품의 화자는 "4월의 봄"이 그지없이 슬프다고 토로한
다. 그 이유는 "목련이 지고/벚꽃이" 졌을 뿐만 아니라 "해맑던 아
이들의 미소도 꽃잎처럼 지고" 말았기 때문이다. 다시 말해 "웃
으며 수학여행길에 올랐던/아이들은 돌아오지 않고/아이들이 마
지막 남긴 영상만 돌아왔"기 때문이다. 그리하여 화자는 "그들이
지상에 남긴 마지막 신호"인 "살고 싶어…… 난 아직 꿈이 있는
데……"라는 말을 가슴속에 새긴다. 그리고 "그 간절한 손길조차
잡지 못하고" "허망하게 떠나보"낸 자신이 "바보 같"다며 아이들에
게 사죄한다.
　화자는 "채 피지도 못하고 진" "꽃보다 어여쁜 300의 천사들"의
"꿈과 미소가/노란 리본처럼 흩날리는 슬픈 봄"날을 망각하지 않
으려고 한다. 그 대신 "세월호가 침몰했을 때 이 땅도 침몰했고/너
희들이 죽었을 때 희망과 믿음도 죽"게 한 세력과 맞서고자 한다.
그리하여 "열일곱 살 너희들의 너무 짧은 봄,/너희들의 봄을 앗아
간 자들 용서하지 말거라"라고 제시하며 "눈물이 분노의 파도가
되고/노란 리본이 깃발이 되어 흩날리"기를 응원한다. 자신도 기
꺼이 함께하겠다고, "다시 꽃처럼 웃는 그날까지" 투쟁하겠다고

약속하는 것이다.

주지하다시피 2014년 4월 16일에 일어난 세월호 참사로 인해 304명의 국민들이 희생되었다. 그중에서도 수학여행을 떠났던 안산 단원고 학생 250명이 살아 돌아오지 못해 큰 충격을 주었다. 승객들을 구조할 수 있는 시간이 충분했는데도 불구하고 어떤 이유에서인지 구조단은 아무런 조치를 취하지 않았다. 텔레비전의 생방을 통해 속수무책으로 침몰하는 세월호의 모습을 지켜보는 국민들은 슬픔을 넘어 분노했다. 국민을 지켜주는 국가가 없다는 사실에 분통을 터뜨리면서 한국 사회를 움직이는 거대한 손이 존재한다는 사실에 두려움도 가졌다.

세월호 참사는 국민의 안전조차 무시하고 이익만을 추구한 자본주의에 의해 일어난 사건이다. 어느덧 국가는 자본주의의 유혹을 거부하지 못한 채 동업자 내지 하청업자가 되고 있다. 2009년 해운법 시행 규칙을 개정해 그동안 20년으로 제한되었던 여객선 선령을 30년으로 완화한 일이 그 단적인 면이다. 국가는 국민의 안전보다 자본주의가 제시한 이익을 선택한 것이다. 그 결과 국민들은 자기 이익을 챙기느라 과적은 물론 노후되고 비정규직 선원으로 운영되어온 세월호에 희생된 것이다.[2] 심각한 자본주의의 상황은 다음에서도 볼 수 있다.

아는 지인한테서
일간지에 시 한 편 올렸다고 읽어보라고 연락이 왔다

2   맹문재, 『시와 정치』, 푸른사상사, 2018, 64~67쪽.

인터넷으로 들어가
일간지 검색하고 문화연예면 검색해서 들어가니
요란스런 연예 기사 속에 얼핏 보이는 이름
반가운 마음에 클릭을 하니
시보다 먼저 광고들이 튀어나온다!

위아래 오른쪽 왼쪽 온통 빼곡히 들어차
어지럽게 손짓하는 몇십 개들의 광고들
성형, 다이어트, 치과, 보험, 정력, 대출
저마다 아우성치는 광고의 숲을 헤치고
간신히 시를 읽어보려는데
어느새 정중앙에 버티고 있는 것도 모자라
시 한 줄 읽을 때마다 따라다니는 광고

그 사이사이에 끼여
시들이 신음한다

나도 봐달라고 소리치는 듯
초라하게 외롭게 한구석에 밀려 있는
시들이 안쓰럽게 느껴진다

돈과 물질과 욕망이 지배하는 세상에서
돈 안 되는 시를 쓰며
시인으로 살아간다는 것도 이런 모습이 아닐까
문득 슬퍼지는 하루다.
―「시를 읽으며」 전문

위의 작품의 화자는 "아는 지인한테서/일간지에 시 한 편 올렸다고 읽어보라고 연락이" 와 "인터넷으로 들어가/일간지 검색하고 문화연예면 검색해서 들어가" 찾아본다. 마침내 "요란스런 연예기사 속에 얼핏 보이는 이름"을 발견해 "반가운 마음에 클릭"한다. 그런데 "시보다 먼저 광고들이 튀어나"오는 상황에 맞닥뜨린다. "위아래 오른쪽 왼쪽 온통 빼곡히 들어차/어지럽게 손짓하는 몇십 개의 광고들/성형, 다이어트, 치과, 보험, 정력, 대출/저마다 아우성치는 광고의 숲"에 지인의 시는 덮어지고 마는 것이다. 뿐만 아니라 광고들은 "간신히 시를 읽어보려는데/어느새 정중앙에 버티고 있는 것도 모자라/시 한 줄 읽을 때마다 따라다니"기까지 한다.

화자는 행동을 멈추고 광고 "사이사이에 낑겨/시들이 신음"하는 상황을 바라본다. "나도 봐달라고 소리치는 듯/초라하게 외롭게 한구석에 밀려 있는/시들이 안쓰럽게 느껴"진다. 그리하여 이 자본주의 사회에서 시를 쓰는 시인의 존재를 다시금 생각한다. "돈과 물질과 욕망이 지배하는 세상에서/돈 안 되는 시를 쓰며/시인으로 살아"가는 자신이 부끄럽고도 슬퍼지는 것이다.

어느덧 사람들은 자본주의가 추구하는 가치를 의심하지 않고 마치 공기를 마시듯 따르고 있다. 자본주의는 자기 이익을 획득하기 위해 시장이나 회사는 물론 대학이나 병원같이 공익을 추구하는 곳이나 교회나 사찰같이 세속적 이익을 거부하는 곳조차 파고들어 그곳의 제도며 법률이며 관습을 바꾼 뒤 구성원들을 종속시킨다. 그 결과 사람들은 자본주의가 제시하는 가치를 진리로 여기고 그 이상의 세계를 상상하지 못한다. 따라서 위의 작품의 화자가 자본주의 양상을 인식하는 것은 중요하다. 자본의 유혹에 몸을 맡기는 자신을 경계하는 것은 물론 자본주의 체제에 맞설 수 있기 때문이다.

3.

하늘의 별이 내려온 듯
아름다운 백만 촛불

정의와 민주주의를 지키는 촛불
이 나라의 미래와 어두움을 밝히는 촛불
국민 하나하나의 마음과 꿈과 소망이 모여
빛나는 촛불이 되었다

백만 개의 별이 되었다

백만 개의 별보다 아름다운
백만 개의 촛불이 빛났던
이날을 역사는 아름다운 민주주의로 기억할 것이다

작은 촛불이 모여
정의와 진실을 바로 세운 날

아름다운 혁명으로 기록할 것이다.
　　　　　　　　　　　—「하늘의 별이 내려온 듯」 전문

　위의 작품의 화자는 광장에 모인 "백만 촛불"을 "하늘의 별이 내려온 듯/아름"답다고 묘사하고 있다. 그 이유는 "정의와 민주주의를 지키"고 "이 나라의 미래와 어두움을 밝히"기 때문이다. 따라서 화자는 "국민 하나 하나의 마음과 꿈과 소망이 모여/빛나는 촛불"의 의미를 적극적으로 내세운다. "백만 개의 별보다 이름다운/백만 개의 촛불이 빛났던" 그날을 "아름다운 민주주의로 기억"하는 것은 물론 "작은 촛불이 모여/정의와 진실을 바로 세운" 그날을 "아름다운 혁명으로 기록"하는 것이다.

"민주주의"를 노래하는 것이야말로 자본주의를 극복하는 방안이다. 대부분의 사람들은 민주주의와 자본주의를 형제 같은 체제로 생각한다. 자본주의 체제를 선택한 나라가 민주주의 제도를 동반하고 있기 때문이다. 그렇지만 민주주의는 극단적인 평등을 긍정하는데 반해 자본주의는 극단적인 불평등을 긍정한다. 민주주의는 개인의 학력과 부와 나이와 성실성과 사회 기여도 등과 상관없이 선거를 할 때 1인 1표를 행사한다. 이에 비해 극단적인 불평등을 긍정하는 자본주의는 부익부 빈익빈이 심화되는 상황을 인정한다. 경제적인 능력자가 무능력자에 비해 사회의 적자(適者)이기 때문에 적자생존은 당연하다는 것이다. 이와 같이 민주주의와 자본주의가 추구하는 가치는 정반대적이다. 그런데도 불구하고 공존이 가능한 것은 사회복지와 교육 분야에 공공투자를 하고 있기 때문이다. 자본주의 국가에서는 시장 결과의 평등화를 위해 누진세 등을 적용하고 있고, 시장에 필요하지 않은 사람들에게는 연금, 의료보험, 실업보험 등을 제공한다. 그리고 생활에 필요한 노동력을 판매할 수 있도록 사람들에게 공공교육을 제공한다. 결국 국가는 평등의 아군 역할을 하는 것이다. 그리하여 저소득층 사람들은 자본주의 체제를 전복시킬 필요가 없다고 생각한다. 생산성

이 상승하고 임금이 증대되는 상황일수록 두 체제는 조화를 이루어 사람들의 지지를 받는 것이다.[3]

그렇지만 민주주의와 자본주의 체제는 갈등을 보이고 있다. 경제 상황이 좋지 않은 데다가 컴퓨터의 등장으로 인해 경제 구조 자체가 변하고 있기 때문이다. 그 결과 민주주의보다 자본주의가 큰 힘을 가지고 있다. 국가 권력도 정치 권력도 자본주의 권력에 대등하게 맞서지 못하고 있는 형편이다. 세월호 참사가 일어난 원인도, 국가가 보인 무책임한 태도도, 자본주의 권력과 관련이 있다. 따라서 "작은 꽃들이/이름 없는 꽃들이 하나둘 모여 촛불을 밝히고 하나가 되"(「광장의 봄」)는 것은 중요하다. 민주주의는 자본화된 국가가 아니라 국민들이 직접 참여해야만 꽃피울 수 있기 때문이다. 자본주의를 극복하는 방안은 다음의 자세에서도 볼 수 있다.

봄이 온다
남에도 북에도 벌써 봄바람이

칠천만 겨레 마음에도
평화의 꽃이 활짝 피었습니다

봄에 씨 뿌리고
여름에 거름 주고 땀 흘려
가을에 결실을 거둬

---

3   레스터 C. 써로우, 『경제 탐험 : 미래에 대한 지침』, 강승호 역, 이진출판사, 1999, 58~64쪽.

서울에서 다시 만납시다

그때는 한반도에도 평화의 물결 넘치길

우리 함께 손잡고 만나니
어이 아니 반가울쏘냐

봄이 온다
가을이 왔다
아름답고 정겨운 인사 주고받으며
이제 칠십 년 동안 닫힌 문 열고 만나자

그렇게 손잡고
마음의 문을 열고 함께 통일로 가자.

　　　　　　　　　　　　　　　—「봄이 온다」전문

　위의 작품의 화자는 "봄이 온다/남에도 북에도 벌써 봄바람이"라고 노래한다. 아직 평화 통일의 봄이 오지 않은 것이 분명한데도 "칠천만 겨레 마음에도/평화의 꽃이 활짝 피었습니다"라고 즐거워한다. "봄에 씨 뿌리고/여름에 거름 주고 땀 흘려/가을에 결실을 거둬/서울에서 다시 만납시다"라고 통일을 막연히 기다리는 것이 아니라 직접 이루어가고 있는 것이다.

　남북 분단의 문제는 한국 자본주의 문제와 밀접하게 맞물려 있다. 남북통일은 불평등을 긍정하는 것을 넘어 조장하는 자본주의를 극복하는 방법이다. 한국 자본주의는 진정한 민족 국가를 건설하지 못한 상태에서 본격화되었기 때문에, 곧 친일 청산을 하기는

커녕 그들과 손을 잡은 분단 정권과 공존해왔기 때문에, 근본적으로 모순이 있다. 그들이 지배 이데올로기로 삼은 매카시즘은 민주주의를 심각하게 훼손시켰을 뿐만 아니라 불평등을 조장하는 자본주의를 옹호해왔다. 따라서 민주주의 회복과 자본주의 극복을 위해서는 분단 극복이 요구된다. 남북통일을 이루지 못하면 민주주의 회복이 힘들고 자본주의 병폐도 개선하기 어려운 것이다.

남북통일이 한국 경제의 성장을 늦추고 국민들의 생활수준을 떨어뜨릴 것이라는 일군의 주장은 잘못된 진단이다. 많은 비용이 들어 미래 경제에 부담을 준다는 우려 역시 섣부른 판단이다. 통일은 한국의 경제 발전을 저해하기보다는 성장을 가져올 것이다. 통일이 되면 남한의 생활수준이 하락한다는 근거는 어디에도 없다. 오히려 생산 비용의 절감, 실업 문제 해결 등으로 경제 발전을 이끌 것이다. 통일로 인해 발생하는 문제는 분단으로 인해 발생해온 문제보다 분명 심각하지 않은 것이다.

4.

뜻은 하늘에 닿고
가슴은 이 땅을 다 품었으나
의로운 뜻 다 펴지 못하고
떠나는 그대 영전에 흰 국화 한 송이 바칩니다

백척간두의 위기에서
어둠 속 속울음 울다
다시 온몸 던져 이 나라와 국민을 구한 당신

당신은 스스로 바위에 온몸 부딪혀 울며
잠든 이 나라와 국민들을 깨웠습니다

이제 당신은 설움 많은 땅 떠나가지만
남은 이들은 당신의 뜻을 이어
당신의 스러진 꿈 일으켜 세워
침묵과 절망과 죽음의 이 땅에서
다시 희망과 꿈을 이야기하렵니다

7년 전 당신과 함께 꿈꾸었던
민주와 자유와 평화의 세상
모두가 웃는 사람 사는 세상이 올 때까지
당신의 못다 한 꿈이
다시 피어나는 날까지
부디 하늘에서라도 잊지 말고 이 땅을 지켜주길

누구보다 시대를 뜨겁게 사랑했으나
그 시대로부터 버림받은 남자
슬픈 영전에 눈물로 꽃 한 송이 바치며
한평생 힘들고 외로웠던 삶
그러나 영원히 빛날 그대의 이름 석 자
가슴 깊이 새기겠습니다.
　　　　　　―「헌화를 하며―노무현 대통령 영전에」 전문

위의 작품의 화자는 "노무현 대통령 영전에" "헌화를 하며" "7년
전 당신과 함께 꿈꾸었던/민주와 자유와 평화의 세상"을 다시금
추구한다. "모두가 웃는 사람 사는 세상이 올 때까지/당신의 못다

한 꿈이/다시 피어나는 날까지/부디 하늘에서라도 잊지 말고 이 땅을 지켜주길" 기원하면서 함께하려는 것이다. "민주와 자유와 평화"의 세상을 이루려고 하는 화자의 희망은 단재의 바람이기도 하다.

　3·1운동이 일제의 야만적인 진압으로 말미암아 조국의 광복을 이루지 못했지만 민중이 민족 운동의 주체임을 확인시켜주었다. 단재는 그 상황을 수용해 아나키즘을 독립운동의 방안으로 선택하고 확산시켜나갔다. 1923년 의열단의 요청으로 「조선혁명선언」을 기초한 것이 그 여실한 면이다. 단재는 선언문에서 일제의 박해를 규탄하는 것을 넘어 자유와 평등과 평화의 세상을 이루기 위해 조선 민중이 일제의 요인들을 암살하는 것은 물론 폭력적으로 대항하는 것이 정당하다고 주장했다.

　일제는 제국주의 국가들이 침략전쟁에서 내세운 사회진화론을 토대로 조선을 식민지화했다. 사회진화론은 인간 사회가 생존하기 위해서는 경쟁할 수밖에 없고, 그에 따라 적자생존(適者生存)은 당연한 결과라고 주장한다. 강자와 약자 간의 경쟁을 통해 인류의 역사는 발전한다는 것이다. 일제는 이와 같은 논리를 적용해 조선에 대한 침략 전쟁과 식민지 정책을 합리화했다. 단재는 적자생존, 약육강식 등을 당연시하는 일제의 사회진화론에 맞서 아나키즘을 수용했다. 종(種)의 진화에서 중요한 요소는 사회진화론에서 주장하는 경쟁이 아니라 협동이라고 보고 상호부조를 내세운 것이다. 인간 세계에서 상호부조란 예외적인 것이 아니라 일상적인 것이라고 파악하고 자발적인 결사체를 중시했다. 그리하여 상호부조를 근거로 일제에 맞서는 폭력을 추구했다. 일체의 독립운동이 봉쇄당했던 상황에 맞서 자유와 평등과 평화의 세계를 마련하는 조국의 독립을 위해 민중들과 함께 투쟁한 것이다.[4]

　신동원 시인이 불평등을 심화시키는 자본주의에 맞서 촛불 연대를 추구하고 남북 분단을 극복하기 위해 통일의 노래를 부르는 것은 단재의 민중 투쟁을 계승한 면으로 볼 수 있다. "독립하게 독립하게/어서어서 독립하게//자유하게 자유하게/어서어서 자유하게"(「독립자유의 노래」)라는 단재의 노래를 "기꺼이 칼을 들고 싸우는 시인이"(「꽃과 밥과 칼」) 되어 잇는 것이다. 결국 시인은 민중과 함께 민주와 자유와 평화의 세계를 이루어가고 있는 것이다.

孟文在 | 문학평론가 · 안양대 교수

4　맹문재, 앞의 논문, 250~252쪽.